문학과지성 시인선 526

화살시편

김형영 시집

문학과지성사

문학과지성사에서 펴낸 김형영의 시집

『모기들은 혼자서도 소리를 친다』(1979)
『다른 하늘이 열릴 때』(1987)
『기다림이 끝나는 날에도』(1992)
『새벽달처럼』(1997)
『낮은 수평선』(2004)
『내가 당신을 얼마나 꿈꾸었으면』(시선집, 2005)
『나무 안에서』(2009)
『땅을 여는 꽃들』(2014)

문학과지성 시인선 526
화살시편

펴 낸 날 2019년 3월 26일

지 은 이 김형영
펴 낸 이 이광호
주   간 이근혜
편   집 이민희 조은혜 박선우 김필균
펴 낸 곳 ㈜문학과지성사
등록번호 제1993-000098호
주   소 04034 서울 마포구 잔다리로7길 18(서교동 377-20)
전   화 02)338-7224
팩   스 02)323-4180(편집) 02)338-7221(영업)
전자우편 moonji@moonji.com
홈페이지 www.moonji.com

ⓒ 김형영, 2019. Printed in Seoul, Korea

ISBN 978-89-320-3529-1 03810

이 도서의 국립중앙도서관 출판예정도서목록(CIP)은 서지정보유통지원시스템 홈페이지
(http://seoji.nl.go.kr)와 국가자료공동목록시스템(http://www.nl.go.kr/kolisnet)에서
이용하실 수 있습니다. (CIP제어번호: CIP2019010030)

문학과지성 시인선 526
화살시편

김형영

시인의 말

내 시는 모두 미완성의 완성이다.
쓰고 고치고, 또 고쳤는데도
내 시는 여전히 미완성 진행형이다.
'내가 만일 나 자신을 온전히 떠나'
세상과 만나는 시간이 오면
허공에 매달린 홍시 하나로도
하늘의 종을 칠 수 있을 것 같다.

2019년 봄을 열며
김형영

화살시편

차례

시인의 말

2부   지금 피는 꽃은

3부 화살시편

해설

1부
그 시간

서시*

바닷가 모래밭에
한 아이 구덩이를 파서
바다를 담고 있네.
조개껍데기로 퍼 담고 있네.

거기서 뭐 하느냐 물으면
"바닷물을 다 담으려고요."
"그건 불가능하단다." 일러주어도
아이는 계속해서 퍼 담고 있네.

* 아우구스티누스의 '삼위일체론' 참조.

낯선 곳

아침은 드셨지요?
떠납시다.
20년을 날마다 다녔으니
오늘은 관악산 말고 다른 데 가봅시다.

안양천도 3년 넘게 걸어봤고요,
개불알풀, 나숭개, 민들레…… 봄을 열었으니
우리 함께 떠나고 싶네요.
별똥 쏟아지는 밤길도 싫진 않지만
사람 안 다니는 그런 데 없을까요.

그런 데는 없다구요?
그러면 그냥 떠나봅시다.
아주 멀리요.
바람이 맛있는 데 가서
몸과 마음은 바람으로 채우고
너도 잃고 나도 잃는
낯선 곳이면 얼마나 좋을까요.

그런데, 아니, 뭐라구요?
나더러 먼저 떠나라구요?

건들대봐

나뭇잎은 흥에 겨워
건들대는 거야.
천성이 그래,
사는 게 즐거운 거지.

바람 불면 바람과 함께
비 내리면 비와 함께
새들이 노래하면
새들의 날개에 얹혀
같이 날아보는 거야.

그런 게 즐거움 아니냐고
너도 건들대보라고,
죽기 전에 후회 없이
한번 건들대보라고.

큰일이다, 아

큰일이다, 아
시에 침묵이 사라졌다.

목소리가 다스리는 세상
침묵은 숨 쉴 곳이 없다.
(광장에 숨었나?)

소리란 소리
헛소리
잡소리
개소리
목청껏 짖어대니

큰일이다.
그림자 속에도 침묵이 없다.

그 시간*

때가 왔다.

물과 빛과 공기
그게 다 무슨 소용이냐.

떠나는 거다.

욕망의 종살이에서
마침내 해방되었으니
내 뜻대로 사는 거다.

누굴 믿고
무얼 바라고
사랑하지 않아도 행복한
그 시간이 왔으니

떠나는 거다.

영혼아,

얼굴 맞대고 바라보며

기쁨을 누리자.

저승에는 죽는 일 없을 테니

누리자

누리고 보자.

* 『요한 복음서』 12장 27절 참조.

제4과
— 직관의 시인들

제1과, 끝끝내 덜된 집
제2과, 단번에 깨친 듯 거침없는 바람
제3과, 흥에 겨워 허구한 날 노래하는 나무

세 귀신 사이에 끼어보려고
이날까지 기웃거렸는데
틈을 찾지 못했다.

하늘이 내 이름 부르면
마지막 숨을 몰아세워 이렇게 써야지.
제4과, 못 지킨 빛 한 줄기.

다 달랐다

1910년 8월 29일 1천만이 울었다.
분해 울었다.
1945년 8월 15일 2천만이 울었다.
감격해 울었다.
1950년 6월 25일 3천만이 울었다.
배고파 울었다.
1960년 4월 19일 4천만이 울었다.
기뻐 울었다.
……
……
……그리고
2014년 4월 16일 5천만이 울었다.
하늘도 팽목항에 가서
넋을 놓고 울었다.

꿈이기에

어젯밤 꿈자리에
김현이 불쑥 나타났다.
내가 축하 선물로 합죽선을 들고
할랑할랑
오생근 칠순 잔치에 들어서니
김현이 먼저 와서

──너 왔냐?
──어, 형!
──시집 잘 받았다.
　　앞으로 5년만 더 열심히 써.
　　좋은 일이 기다리고 있을 거야.
──그걸 형이 어떻게 알아.
──나는 다 미리 알잖아.
──그건 그렇고, 형이 여기 어쩐 일이야.
──오늘 생근이 칠순이잖아.
　　만사 제쳐놓고 왔지.
　　다들 모였구먼.
　　병익이 주연이 동규 원일이

현종이 우석이 광규 정선이
어, 종기도 왔구나.
그런데 인철이 치수, 문길이는 왜 안 보여.

이제는 바쁜 일도 없을 텐데
그 크고 화통한 웃음 한바탕 웃어젖히더니
온다 간다 말 한 마디 없이 홀연히 사라졌다.
내가 꾼 꿈이니 나하고만 얘기를 나누고는
25년 전 모습 그대로.

이승은 한 점 꿈인가.
그가 다녀간 걸 모르면 어떠랴.
우리는 어느새 늙어
한자리에 모여 앉아 마냥 즐거웠다.

시

엄마 젖가슴에 안겨
옹알거리는 아기,

눈을 감아도 수호천사를 만나
무슨 생각을 나누는지
연신 하늘에 웃음을 보내는 아기,

보이는 것 중에서 가장 신성한
이제 막 태어나는 아가말,

좋은 시인의 시도
태어난 지 세이레쯤 된
아기 옹알이 같은
눈에 보이는 음악이어라.

조선백자달항아리

네 안에 무엇을 비웠기에
이리도 그윽하냐.
팔도강산을 돌아온 바람이냐.
어둠을 태운 빛이냐.
앞태를 보아도
뒤태를 보아도
만삭의 아내만 같구나.

생명의 꿈을 품고 있기에
아침저녁 쓰다듬어도
네 몸에서는
생명의 숨소리 들리는 듯하다.

시를 쓴다는 것

평생 영혼을 파먹고 살았다.
50년을 파먹었는데
아직도 허기가 진다.

삶의 흔적을 남기려고
영혼을 파먹는
그게 허영 때문인지
진실 때문인지 모르겠다.

번개 같은 목숨
보고 듣고 깨닫기도 전에
영혼 파먹기만 해온
욕망의 구더기여,

이제 그만 깨어 날아다오.
높이 날지 못하면 어떠랴.
멀리 가지 못하면 어떠랴.
천 날을 견뎌 하루를 사는
하루살이라도 좋다.

날아다오 날아다오.

번데기에서 깨어난 날개들아
우리 함께 날아보자.
내가 너희 형제 아니더냐.
너희가 내 이웃 아니더냐.

끊어진 생각

*

오늘,

누가 태어나나 보다.

누가 또 죽어가나 보다.

울음소리 그칠 날 없다.

*

어제,

그가 떠났나 보다.

그가 또 돌아왔나 보다.

함박눈 내리어 길도 지워졌는데.

*

내일,

안녕. 안녕. 안녕.

인사를 해도 받는 사람 없다.

하늘 위
― 김치수 형을 그리며

하늘 위의
하늘 위의 하늘 위의
하늘 위의 하늘은
주님의 집인데…… 형
어느새 거기 가 계시오.

눈에는 안 보여도
있다고 믿는 거기……
저 하늘 위의
하늘 위의 하늘 위의
하늘 위는 멀기는 해도
눈앞에 어른거리듯
마음이 가닿는 곳.

그럼에도

이번에는 또 어디냐.
안 아픈 데 없는 나다.
폐에 구멍이 나고
오줌통엔 마므레의 참나무*가 자라는지,
길을 잃고 붉게 떠도는 피
바람에 들뜬 이빨
설탕절임이 된 육체를 이끌고
여기까지 왔는데

이번에는 또 어디냐.
눈이냐?
그만 보라는 거냐.
보고도 못 본 체하라는 거냐.

아니면,
어둠 속을 걸으라는 거냐.
아니면,
걷다가 넘어지라는 거냐.

넘어져 죽으라는 거냐.

죽으라는 거냐.

*『창세기』 18장 참조.

부치지 못한 편지
── 이소耳笑*에게

네가 떠나던 날
나는 많이 슬펐다.
그날이 벌써 10년,
살아서도 바쁘더니
죽어서도 뭐가 그리 바쁘더냐.
네 몸은 진토가 되었겠다.
이제 흙의 먼지로 돌아가는 너,
네가 부럽다.
내 기억 속에 떠나지 못하는 친구여
네가 없으니
오늘은 내가 나를 슬퍼해야겠다.

* 고 임영조(1943~2003) 시인의 호.

오후 3시에*

오후 3시쯤에 예수님께서는 큰 소리로
"엘리 엘리 레마 사박타니?" 하고 부르짖으셨다.
이것은 "저의 하느님, 저의 하느님, 어찌하여
저를 버리셨습니까?"라는 뜻이다.
─『마태오 복음서』27장 47절

하루살이 한 마리가 방에 날아들었다
오후 3시에,
소리도 내지 못하는 그 작은 날개로……

유리창에 앉아 창밖을 내다보는데
무심한 내 손은 눈 깜짝 사이
그의 전 생애를 앗아버렸다

누가 그의 죽음을 바랐던가.
창밖으로 쫓아낼 수도 있었다.
그의 남은 몇 시간의 삶을
즐기도록 기다려줄 수도 있었다.

전 생애라야 하루뿐인데
틈을 내어 찾아온 손님,
그의 사는 참모습과 만날 기회를
순식간에 지우고 나는 낮잠에 들었다

그는 죽으면서 이렇게 말하지 않았을까?
"제 영을 당신 손에 맡기옵니다."**

그의 영혼
나의 영혼
어떤 차이가 있는가.

그의 영혼의 무게
초신성만 할지 모르는데,
그의 영혼의 눈
태평양만큼 눈물이 고여 있을지 모르는데,
그의 영혼의 가슴
은하수를 품고 있을지 모르는데,

내 꿈과 같은 꿈을
그도 꾸고 있을지 모르는데.

낮도 밤도 아닌 오후 3시에,
하루살이여
어디까지 보고 떠났느냐.
너 없는 천지사방은 침묵만이 감돌고 있다.

정녕 이것이 네가 바라던 그 시간이었더냐.

* 정현종 시인이 번역한 페데리코 가르시아 로르카의 시 「익나시오 산체스 메히아스의 죽음을 애도하는 노래」(『강의 백일몽』, 민음사, 2003)의 리듬에 맞춰 짓다.
** 『루카 복음서』 23장 46절 참조.

소작인의 슬픔

뿌리고 싶어도 뿌릴 밭이 없으니
가지고 온 씨앗 어이할꼬.
반생을 짓던 텃밭,
하루아침에 빼앗겼으니
소작인의 슬픔 알 만하다.

빼앗으면 내어주고
떠나라면 떠나야지.

좋은 추억을 방패 삼아
새 인연 찾아 길을 나서는
늙은 나그네여,
스스로 괜찮다 괜찮다 위로하니
너도 괜찮고
나도 괜찮다.

호號 이야기*

나는 몇 개의 호를 가졌다.

어느 해 스승의 날
미당 선생님께서 호를 하나 내려주셨다.
"자네 고향이 부안이니
그곳의 명산 변산邊山으로 하시게.
변두리 산, 거 좋지 않은가."

법정 스님은
평소 내가 얼마나 병약해 보였는지
"오래 사시라고 호를 수광壽光이라 지었소."
법명 같기는 해도 마음에 들어
정민 교수에게 자랑 삼아 말했더니
"목숨 壽를 지킬 守로
바꾸면 어떻겠느냐"고 했다.
자비와 사랑의 절묘한 만남인가.

언젠가 고은 선생께 호를 부탁했는데
한 3년쯤 지나서

"여기 호 지었네. 수정水頂, 그거 좋아!"
물의 정상은 가장 낮은 곳인데
나더러 물의 정상에 서라는 건가?

조광호 신부는
내 세례명이 스테파노니까,
스테파노는 돌멩이에 맞아 죽었으니
"소석小石이 좋겠다"고 했고,
유안진 시인은 뜬금없이 전화로
"일사一史라는 호를 지었는데 받겠느냐" 물었다.

그리고 2014년 10월
내가 시집『땅을 여는 꽃들』을 상재했을 때
김병익 선생께서 그걸 읽어보시고
송연松然이라는 호를 주셨다.
나더러 소나무답다니!
너무 황송하고 무엇보다
소나무에게 미안해 받아도 될지 모르겠다.

이래저래 나는 호 부자가 된 느낌이다.
이제 나도 나이가 좀 들어
더는 호를 내려줄 분이 안 계실 것 같다.
정현종 시인께서 지어준다고 약속은 했지만
지금까지 감감무소식이다.

* 정현종 시인께서 이 시가 발표되고 몇 달이 지나 지심之心이라는 호
를 지어주었다. 무슨 뜻인가? 거짓 없는 마음? 항심恒心? 마음 가는
대로?

꿈을 현실로

어젯밤 꿈에 안고 뒹굴던 그녀가
옛날 그녀였던가.
아니면 처녀 적 아내였던가.
(꿈은 빠르기도 하지.)

누구에게 물어볼 수도 없네.
꿈에 내가 사랑한
그녀도 나를 사랑했을까.

꿈에도 꿈꿀 수 있다면
하느님을 닮으려는 미카엘처럼
나도 천사의 꿈을 꾸게 될까.

오늘 밤엔 꿈을 기록해둬야지.
휴대전화에 동영상을 남겨놔야지.
놀라운 일이지만
꿈을 현실로 바꿔봐야지.

다리 없는 꿈길

너와 나 사이 무지개 없이
무슨 다리를 건너겠느냐.

질투보다 아름다운 것은 없더라.
머물지 마라.
하늘이든 땅이든
건너가보자.
살아서 못 채운 욕망도
나를 미워하던 나도
건너가보자.

무지개가 사라지기 전에
아니, 아니,
무지개의 여운이 아직 남아 있을 때
건너가보자.
우리가 사는 길은
애초에 다리 없는 꿈길 아니더냐.

고래의 노래로 사랑의 등불을 켜다오

── 윤후명 등단 50년을 축하하며

그래, 나도
이제 네 마음 알 것 같다.
네 마음에 내 마음 포개어 전한다.

벌써 50년!

우리 고래들 가운데 한 고래는
귀신고래[1]가 되었지만*
남은 다섯 고래들,

밍크고래[2]
혹등고래[3]
수염고래[4]
범고래[5]
돌고래[6]

한번, 우리가 물을 뿜으면
바다는 뛰어오르며
하늘에 무지개를 내걸고,

우리가 눈을 뜰 때면
만물의 얼굴이 소생하는 것을.

범고래여, 한결같은 벗이여.
우리 사라지는 그날까지
그대, 끝끝내 우주에 남아
우리들 고래의 이름 위에
고래의 노래로 등불을 켜다오.
오색찬란한 사랑의 등불을.

* 1 임정남, 2 강은교, 3 김형영, 4 석지현, 5 윤후명, 6 정희성.
  『고래』는 '칠십년대' 동인의 동인지이며, 동인은 고래의 특징에 맞
  춘 별호를 지어 서로 부른다.

돌아가자

돌아가자
돌아가자
돌아서 가자.
앞이 가로막혀
똑바로 갈 수 없거든
돌아서 가자.
낮은 데로
낮은 데로
돌아서 가는
강물 같지는 않아도
굽이굽이 돌아서
돌아서 가자.

하늘의 문을 땅에서 열다[*]

하늘을 우러러 님을 보았기에
자신을 괴롭히는 돌팔매를
온몸으로 받아낸 순교의 꽃이여

육신은 선혈에 갇혀도
영혼은 오히려 자유로웠던
죽음을 아름답게 이긴 이름이여

하늘의 영광을 드높이
하늘의 문을 땅에서 연 스테파노
내 영혼의 길잡이여

[*] 『사도행전』 7장 54절 참조.

신화가 된 진목리 당산나무
── 이청준 8주기에

세월의 나뭇잎은 떨어져 사라지지만
늠름한 진목리* 당산나무,
당신 떠난 지 8년
여전히 당신은 우리와 함께 계십니다.

힘은 약하여도 당당한 모습,
천길만길 슬픔 숨기고
언제나 천진스럽기만 하던 눈빛,
가난을 품고 살았어도
끝끝내 지켜낸 인품,
들을 귀가 있으면 들어보라고
자근자근 씹듯 들려주던 입담,
그 말씀 알아듣기 힘들기는 했어도
당신을 향한 그리움 떠날 줄 모릅니다.

스스로를 추스르며 이겨낸 70년
마침내 우리 문학사에 신화가 된
장흥 진목리 당산나무여!

동행을 즐기시던 다정한 영혼이여!
남기고 간 아름드리 수십 권의 책 속에는
슬픔의 그림자를 먹고 자란
잠 못 이루던 영혼이 깃들어 있어
우리는 책장을 넘기며
오래오래 당신을 우러러 기억합니다.

* 소설가 이청준의 고향 마을 이름.

한 번 더

한 번 더 너를 안아봤으면!
비록 늙고 병들어
걷기도 힘겹지만
마음은 여전히 너를 안고 논다.

보이지 않으니 안을 수 없고
말 한마디 건넬 수 없으니
그리움에 지친 내 꿈은
가쁜 숨 몰아쉬듯 너를 찾는다.

눈치 볼 것 어디 있나.
그냥 눈 감고 힘껏 안아보자.
저문 바다 석양을 품어 안듯
안아보자, 안아보자.

내가 죽거든

내가 죽거든
내 눈 뚜껑은 열어둬.
관악산 문상을 받고 싶어.

아침마다 걷던 숲길이며
수억만 년 묵상 중인 바위들,
새들의 만가,
춤추는 나무들,

내가 죽거든
관 뚜껑을 열어둬.
용약하는 관악산의 내 친구들
마음에 담아 떠나고 싶어.

모른다고 하네
— 난징대학살 77주년에

모른다고 하네
그런 일은 없었다고 하네
힘없는 부녀자들, 노인들
아이들까지 가리지 않고
풀 베듯 베어놓고

난징에는 겨울바람 소리뿐
울어줄 사람 하나 없네

일본군 장교 무카이 도시아키
노다 쓰요시
승냥이 같은 두 살인귀는
누가 먼저 백 명의 목을 베나 내기했는데
모른다고 하네
인간 창조 이래 가장 잔인하게
30만이 넘는 양민을 학살하고는
죽인 건 중국군 패잔병의 소행이라고,
전쟁은 다 그런 거 아니냐고

난징에는 겨울바람 소리뿐
울어줄 사람 하나 없네

10년이 지나고 50년이 지나고
77년이 지난 오늘에도
전범들을 신사에 모시고 참배하면서
그런 일은 없었다고 우기네
우리는 모르는 일이라고
우리는 어제도 오늘도
세계 평화에 이바지하는 나라라고

* 2014년 11월 5일 중국 난징에서 낭송.

반구대암각화의 고래들

고래고래 소리치는 인간이 싫어
뭍을 마다하고 바다로 떠난 고래들,
이제는 그 바다도 안심찮아
반만년 반구대암각화에 살고 있지만
한 처음인 듯 다시 뭍에 나가 기어볼까.
하느님께 부탁해서 하늘을 날아볼까.

지구에서 제일 크고 늠름한 고래들,
5만 년인지 5억 년인지
오랜 내 친구 고래들은
고래들의 낙원 울산 바다에서
지금도 혹등고래의 사랑 노래에 취해
떠나지 말자고 붙잡으니

인간은 미워도
반만년 우리 역사를 지켜온
고래등 같은 마음으로 그냥 살아볼까.
오염된 세상이 수상쩍기는 해도
반구대암각화에서

고래들이 뿜어 올리는 물방울 속의
하늘 물들이는 무지개와 더불어
반만년 더 살아볼까.
천만년 더 살아볼까.

2부
지금 피는 꽃은

지금 피는 꽃은

지금 피는 꽃은
지난해 피었던 꽃은 아니어도
아름답기 그지없고
오히려 새로운 것 같아요.

하늘을 우러러 피지만
향기는 늘 대지에 퍼뜨리고

네가 꺾지 않으면
내년에도 내내년에도
꽃 피고 새 울어 열매 맺고
생명을 품고 익어가지요.

나무에 혈기가 오르면
새들은 한 곡조 더 노래 부르고 싶어
이 가지 저 가지 옮겨 다니겠지요.

우리의 꿈

당신도 당신 뜰에
꽃나무 한 그루 심어보세요.
잘 자랄 거예요.

햇볕과 바람과 빗방울로
나무는 자라는 게 아니에요.
당신이 눈길만 주어도
당신이 누군지 알고 싶어
나무는 자기를 엽니다.

오늘 아침에 보셨나요?
당신이 다정한 눈길을 주니까
목련이 절로 꽃피우지 않던가요.

당신이 누구시든지
꽃나무는 당신과 함께 자라서
당신이 손을 흔들면
온몸으로 응답했지요.

우리의 꿈은
그 순간 이뤄지구요.

제멋에 취해

세상을 흔드는 봄바람에
만물은 꿈꾸기에 바쁘다.
바람이 불면
꾸다 만 꿈 깨어나
산과 들을 쏘다니다가
눈 깜짝 사이
입김을 풀어
한꺼번에 꽃피우고는
제멋에 취해
제 향기에 취해
봄바람 품어 안고
모두 어디로 떠나려나.
하느님도 몸을 푸는
봄이 일어서는 날.

그래도 봄을 믿어봐

머지않아 닥칠지 몰라.
봄이 왔는데도 꽃은 피지 않고
새들은 목이 아프다며
지구 밖으로 날아갈지 몰라.
강에는 썩은 물이 흐르고
물고기들은 누워서 떠다닐지 몰라.
나무는 선 채로 말라 죽어
지구에는 죽은 것들이 판을 치고
이러다간
이러다간
봄은 영영 입을 다물지 몰라.
생명은 죽어서 태어나고
지구는 죽은 것들로 가득할지 몰라.

그래도 봄을 믿어봐.

꽃아,

누구 마음 설레려고
웃음 머금고 오는 것이냐.

진달래 연달래 철쭉 웃음으로
무심한 눈을 뜨라고 오는 것이냐.

작년에 피었던 것보다
더 부시게 피어서
향기 퍼뜨리려 왔느냐.

꽃아, 네 향기에 취해
나더러 거듭나라는 거냐.
세상을 다시 걸으라는 거냐.

뜸부기
— 우포늪에서

바람 쐬러 잠깐 다녀온다더니
벌써 몇십 년,
어느 하늘을 떠돌고 있느냐.

내 말 들리거든 대답해보아라.
뜸부기 울 때마다 찾아오는
어린 날들아,

네가 울어야 꽃이 피고
네가 돌아와야
논두렁 밭두렁에 잡초도 자라지.

바람 다 쐬었거든 돌아와다오.
코 흘리며 날아다니던
뜸부기 데리고 돌아와다오.

무슨 말을 들었기에

무슨 말을 듣기는 들었느냐.
한평생 땅에 뿌리박고
귀 기울이며 사는 나무,
네가 언제 한 번이라도
하늘이 싫어할 일을 저질렀다고
잘못을 빌듯 연신
온몸을 끄덕이는 나무,
정녕 한 말씀 듣기는 들었느냐.

석양

몇만 포대의 밀가루와
몇만 개의 달걀을 반죽해
누굴 먹이려고 부쳤는지
불그름 익어 기우는
격포 앞바다 낙조대의 석양이여.
만백성 배불리 먹고도
열두 광주리는 남겠다.

채석강

하늘이 불타는 채석강을
우리 함께 걸어볼까요.
난바다 수평선 바라보며
잃어버린 시간에 잠겨볼까요.

노을 탓인지 바람 탓인지
일렁이는 흰 물결 따라
물새들 바다를 떠나가면
별은 어둠을 태워 등불을 켜고,

물에 빠져 흔들리는
둥근 달을 건지려 들면
몸과 마음은 흥에 못 이겨
파도와 한 몸을 이루네.

바닷속에서 태어나는 바위꽃들아
흐드러지게 핀 연꽃들아
물 위에 비틀거리던 달은 어디 갔느냐.
그걸 바라보던 나는 또 어디 갔느냐.

켜켜이 쌓은 책바위는
하늘과 바다의 글자를 제 몸에 새겨놓지만
누가 그 까닭을 읽을 수 있으랴.
하늘도 바다도 말을 못 하네.

변산 채석강 진홍빛 노을 따라
나를 찾아 헤매는 나그네여,
감춰진 비밀을 모르면 어떠랴.
지금은 불타는 채석강을 노래하자.

수평선 · 8

날씨도 믿을 수 없고
이웃도 믿을 수 없다.

나라는 변덕으로 들끓고
오락가락 떨어지는 빗방울
시작과 끝은 잴 길이 없다.
금방 피었다 싶던 목련은
한눈파는 사이 모두 져버렸다.

보이는 땅도 바다도 믿을 수 없고
안 보이는 시간도 믿을 수 없다.

이제 무얼 믿고 살아야 하나.
하늘에 무지개를 거는
하느님의 솜씨를 믿어봐?
마음에 실눈이라도 뜨고 바라봐?

수평선·9

이제 네 마음 알았으니
그냥 거기 있거라.
더 다가가지 않을 테니
달아나지 마라.
너를 그리워할 곳이 여기라면
여기서 기다리마.
한 처음 하느님이
그리움 끝에 테를 둘러
경계를 지었으니*
그냥 여기서 바라보며 그리워하마.
내 마음 실어 나르는
출렁이는 파도여.
넘을 수 없는 그리움이여.

* 『잠언』 8장 27~29절, 『욥기』 26장 10절 참조.

변신

구름은 하늘에서 제 몸 바꾸느라
시간 가는 줄 모른다.
바꾸고 바꾸고 또 바꿔봐도
구름은 별이 되지 못한다.
되려고도 하지 않는다.
이룰 수 없기에 꿈은 아니어도
바꾸지 않고 무슨 재미로 사느냐는 듯
제 몸 바꾸기에 여념이 없다.

나는 땅에서 나를 바꿔보려고
이리 뛰고 저리 뛰어봤지만
바뀐 건 껍데기뿐
실상은 변함이 없다.
나를 바꿔보려다 내가 아닌 나를 마주 보며
이것이 내 운명인가
한숨지으며 손바닥을 펴본다.

숲속

넘어지는 고목나무의 외마디를
나는 백 마디로 들었다.

둥지 잃은 새들은
쓰러진 나무의 공허를
하염없이 맴돌며 떠나지 못하네.

새들아, 떠나기 전에 맘껏 춤추며 노래하여라.
네 보금자리는 사라져도
허공에 퍼져 자라는 네 노래는
누구도 베지 못하리.

심판

먹구름은 우르르 몰려와서
화풀이하듯 한바탕
퍼부어대더니,
내 오장육부
구석구석을 뒤엎어놓고는
겁만 주는 게 아니라
너 죽어라
나 죽어라 쏟아붓는다.

누가 그 죄 심판할 수 있으랴.

3부
화살시편

화살시편 1
— 거미

그새 새끼를 가졌구나

비 맞은 거미줄 뒤에 숨어
하늘을 바라보는 거미여

화살시편 2
— 올빼미

정말 못 당하겠네
밤을 낮이라 하고
낮을 밤이라 우기는 놈들

올빼미 너냐?
아니면
너 말고
또
누구냐?

나냐?

화살시편 3
—눈엽

몇 날 며칠을
눈엽에 불어대는 꽃샘바람

하늘의 비정함에 소름이 돋네

화살시편 4
― 소문

봄바람 없이
무슨 꽃이 아름답고
봄바람 없이
무슨 잎은 생기 돋우며
봄바람 없이
무슨 새가 울겠느냐

그 많은 소문은
누가 있어 퍼뜨리나

화살시편 5
―어둠

뿔뿔이 흩어진 것들
어둠 속에 한데 모았더니
시끄러워 못살겠네

이놈들,
그만 흩어지거라

화살시편 6
— 한 소식

바위들 들썩이는 걸 보니
꽃 온다는 한 소식 늘었나 봐

내 엉덩이 밑에서 말야

화살시편 7
── 춘삼월

병아리 노란 솜털 속으로
기어드는 너,

춘삼월 꽃샘바람이냐?

화살시편 8
— 입춘立春

어린 딸 하나 뒀으면
시린 등이 따뜻하련만

하늘을 보며 봄기둥을 만져본다

화살시편 9
— 최인호

어깨동무 내 동무
청진동 뒷골목
한잔 술에 취해
고래고래 떠들던
인호야,
하늘에도 뒷골목 있니?
열차집 낙지집도 있니?
인호야, 성 베드로야

화살시편 10
― 돌아보니

헛것에 홀려
떠돌다
떠돌다 넘어져
돌아보니
아이쿠머니나,
천지사방이 여기였구나

평생이 이 순간이구나

화살시편 11
— 두 시인

바람의 뼈를 본 김영석
바람의 혼령에 취한 김형영

두 시인은 동진강 바람 먹고 자란
초등학교 동창생

화살시편 12
— 자유

공초 오상순 선생은
"자유가 날 구속했다"는
명대사를 남기고 떠나가셨다

꽁초 연기 붙잡고

화살시편 13
— 돌아올 계절

봄날이 또 지나간다
여름이 또 지나간다
가을이 또 지나간다
겨울이 또 지나간다

언제 또 지나갈까
돌아올 계절아

화살시편 14
── 나무시인 찬가

비가 오면 비가 와서 즐겁다
눈이 내리면 눈이 내려 즐겁고
바람이 불면 바람 불어 즐겁다

하늘의 변덕과 더불어
그걸 반기며 사는 즐거움
돌밭에 핀 꽃 만난 듯
반갑고 고맙고 즐겁다

생각이 다른 말도 침묵하면
즐거움은 거기서도 샘솟고,
바둑에 이기면 이겨서 즐겁고
지면 지는 대로 즐거우니
사는 게 즐거운 게임 아닌가

화살시편 15
— 진리

민심이 천심이란 말
만고의 진리지만
그걸 깨닫기에는
세상은 오늘도 위태롭다

십만 팔천 리

화살시편 16
— 잿더미 속에서

다 버리니 버릴 것 없다고?
그러면 너를 태워버려

타고 남은 잿더미 속에
움트는 너,
안 보이니?
안 보이니?
안 보이니?

화살시편 17
― 밤길

너무 어두워
찾은 길도 밤길이다

어디 길동무 없소?

화살시편 18
—— 아멘

한 번만 더
못 박히소서
내 잘못 내가 모르오니
한 번만 더
한 번만 더
못 박히소서
주님,
나보다 나를 더 잘 아시오니
내 대신 못 박히소서
못 박히소서
못 박히소서
아멘,

화살시편 19
— 쥐

새벽 3시 30분
어둠은 문고리를 잡는다

긴밤의 으늑한 비밀을
누가 소문낼까 두려운가 보다

화살시편 20
— 똥 누다

낙엽을 밟으며
산허리 돌아가다
똥 누다

다람쥐 때까치
무심히 바라보더니
바람 따라 그냥 떠나다

화살시편 21
— 모르겠다

아직도 모르겠다
태어난 것이 행운인지
불행인지

그걸 사람에게 물어보라고?

화살시편 22
— 꿈이 자라는 곳

빈 절터
쑥대밭

거기서도 꿈은 자라고 있구나

화살시편 23
— 에덴

마음 하나 열면 여기가 천국인데,
아담이 가꾸던 에덴이
바로 내 안에 있는데

밤샘 기도하는 당신
누구신가요?

화살시편 24
— 술친구

술이 고파서
누굴 부를까
친구들 얼굴 둘러보니
너밖에 없어
너를 부르려다 그만두었다

얼마 전 술 끊었다 했지

화살시편 25
— 10월

저 단풍 좀 봐
한창 뜨겁게 달아올랐네
10월 들어서 몰라보게 달라졌어
시집갈 생각에 정신이 팔렸나?

화살시편 26
— 봄날

진달래 꽃눈 맞추며
산에 오르다 둘러보니

봄날이 벌써 앞서가더라

화살시편 27
— 노점상

노점상하고 흥정하는 저 사람

우리 동네

부잣집 마누라 아녀?

화살시편 28
— 정의

정의는 정의를 믿지 않는다.
정의에 관심이 없다.
정의는 없이 계시기에
정의를 사랑하지도 않고
정의롭지도 않다.

정의를 앞세우지 마라.
누구든 정의로 가두지 마라.
바람이 불면 잎새 사이로
한 눈 하늘이 깜빡일 뿐
정의는 정의를 모른다.

화살시편 29
─ 봄을 믿어봐

봄바람 마신 새들
노랫소리 들리지?
감기 든 목소리가 아니야
목청이 탁 트였어

믿을 건 봄뿐이야

성서적 상상력과 직관의 힘

이승원
(문학평론가)

1.

스마트폰으로 오늘의 날씨를 검색할 때마다 디지털 통신 속도와 미세먼지 농도가 정비례하는 것이 아닌가 하는 생각이 든다. 문명 발전과 환경오염이 상관관계에 있다는 선입견 때문일 텐데, 자료에 의하면 오염의 속도가 생활의 편리함을 훨씬 앞서고 있다. 금년의 미세먼지 농도는 작년 최고치의 세 배 정도고 중금속 오염도는 작년에 비해 세 배 이상이라는 보고가 나와 있다. 이 증가세가 그대로 지속된다면, 몇 년 안에 동아시아 인구 대부분은 공기정화기가 설치된 밀폐된 공간에서만 생활하게 될지 모른다. 그러한 위기의식을 느끼면서도 우리는 미래를 낙관하며 오늘의 할 일을 행하고 있다.

김형영의 시를 논하는 자리에 굳이 이런 어두운 이야기를 먼저 꺼내는 것은 그의 시 여러 곳에 이와 관련된 우려가 담겨 있기 때문이다. 그는 미래에 대한 불안한 예감과 그럼에도 불구하고 지켜야 할 긍정의 믿음을 다음과 같이 표현했다.

머지않아 닥칠지 몰라.
봄이 왔는데도 꽃은 피지 않고
새들은 목이 아프다며
지구 밖으로 날아갈지 몰라.
강에는 썩은 물이 흐르고
물고기들은 누워서 떠다닐지 몰라.
나무는 선 채로 말라 죽어
지구에는 죽은 것들이 판을 치고
이러다간
이러다간
봄은 영영 입을 다물지 몰라.
생명은 죽어서 태어나고
지구는 죽은 것들로 가득할지 몰라.

그래도 봄을 믿어봐.
　　　　　　　　　—「그래도 봄을 믿어봐」 전문

작품 내용 전반은 우리에게 닥치게 될 부정적 상황을 예고하고 있다. 죽음의 표상으로 가득한 암울한 장면을 열거하다가 마지막 행에 예언자의 속삭임처럼 "그래도 봄을 믿어봐"라는 말을 남기고 있다. 이 시행은 우리가 처한 현실의 어두운 화면에 밝은 색조를 드리운다. 시집 맨 끝에 있는 「화살시편 29 — 봄을 믿어봐」에서도 전과 다름없이 전해 오는 새들의 청명한 노래 소리를 들으며 "믿을 건 봄뿐이야"라고 다짐한다. 그러한 발언의 근거가 제시되지는 않았지만 암흑의 계곡에 주저앉는 것보다는 미래의 희망을 제시한다는 점에서 상징적 효용성을 갖는다. 이것은 어떤 상황에서건 오늘의 할 일을 할 수밖에 없는 인간의 흔들리는 마음을 지탱해준다.

이러한 낙관은 어디서 기인한 것일까? 여기 담긴 낙관의 담론은 과학적인 것이 아니라 문학적 상상의 소산이다. 문학을 포함한 예술은 암울한 상황에서도 희망을 지향한다. 어떤 형상으로 작품을 창조한다는 것은 미래의 시간 속에 자신의 정신을 담아 전하려는 일종의 투기 행위다. 현실의 일그러진 모습을 괴팍스럽게 표현한 조형물도 절망의 표상을 미리 보여줌으로써 인간이 암흑에 길들여지고 종국에는 그 어둠을 넘어설 수 있도록 유도하는 윤리적 효용을 내포한다. 그렇지 않다면 그

일그러진 모습을 구축하는 데 전력을 기울일 이유가 없다. 그런 의미에서 모든 예술은 예측 불가능하고 실현 불가능한 그 무엇을 건설하는 행위라고 할 수 있다. 예술은 불가능에 대한 도전이고 불가능의 표상을 가능태로 밀고 나가는 행위다. 이것을 잘 아는 시인은 '시인의 말'에서 다음과 같이 말했다.

> 내 시는 모두 미완성의 완성이다.
> 쓰고 고치고, 또 고쳤는데도
> 내 시는 여전히 미완성 진행형이다.
> '내가 만일 나 자신을 온전히 떠나'
> 세상과 만나는 시간이 오면
> 허공에 매달린 홍시 하나로도
> 하늘의 종을 칠 수 있을 것 같다.

이 말은 예술이 무엇이고 시가 무엇인지 그 핵심적 내용을 압축적으로 드러낸다. 시는 미완성의 완성을 지향하는 무모한 도전이고 불가능한 일을 가능한 것처럼 내세워 확실치 않은 내기를 벌이는 암중모색의 게임이다. "내가 만일 나 자신을 온전히 떠나"라고 가정했지만 그러한 일이 실제로 이루어질지 아는 사람은 아무도 없다. 그것이 불확실하기에 허공에 매달린 홍시 하나로 하늘의 종을 친다는 상상도 가능하다. 모든 것이 미완성 진행형이므로 어떠한 상상도 할 수 있고 어떠한 미래의 낙관도 펼쳐 보일 수 있다. 그리고 그 불확실한 상상은 결과적으로 인간의 미래에 기여한다. 앞에서 말했던, 현실의 일그러진 모습이 절망 극복의 동력으로 작용하는 사례를 생각하면 이 말이 이해가 될 것이다. 미완의 형태로 진행되는 언어의 건축이라 하더라도 인간이 그것과 접촉하는 순간 그는 이전의 상태보다 더 나은 지점으로 승화되는 체험을 갖게 된다. 이것이 시인이 불가능한 일에 도전하는 이유이기도 하다. 그런 시인의 모습은 「서시」에 나오는, 바닷가 모래밭에 앉아 바닷물을 다 담아보겠다고 구덩이에 물을 퍼 담는 철없는 어린아이의 모습과 방불하다.

시를 쓴다는 것은 불확실한 미래의 그 무엇을 향해 도전하는 영구적 사업이다. 그는 「시를 쓴다는 것」에서 "50년을 파먹었는데/아직도 허기가 진다"라고 단적으로 말했다. 50년 동안 쉬지 않고 시를 지었는데 목적지에 도달하지 못했고, 갈 길은 50년 전과 같은 거리로 저만큼 놓여 있다. 김소월이 「산유화」에서 노래한, "저만치 혼자서 피어 있네"의 그 '저만치'라는 거리감은 시를 오래 쓴다고 좁혀지는 것이 아니다. 미완성의 진행형 속에 늘 정신의 허기를 느끼며 불확실한 미래를 향해 조금씩 발을 옮기는 것이 바로 창작의 길이다. 김형영 시인은 시작 50년의 지점에서 창작의 원형을 재확인

하고 새롭게 시작하는 신인처럼 "번데기에서 깨어난 날 개"(「시를 쓴다는 것」)를 펴고 신생의 길을 걷고자 한다.

2.

앞에서 디지털통신 얘기를 잠깐 했지만, 이 디지털 기술이라는 것은 참으로 오묘한 요술 단지다. 디지털 기술은 가시적 물리적 상태를 극소화된 추상적 기호로 바꾸는 것이다. 극히 단순한 기호로 막대한 양을 계산 하기 때문에 상상할 수 없이 많은 정보의 생성, 변형, 복 제, 증식이 가능하다. 인공지능도 이 디지털 기술의 정 보 생성 능력을 활용해 제작된 것이다. 인공지능으로 창작을 유도해보니 사람이 하는 것보다 더 나은 작품이 생산되었다는 실험 결과도 나온 바 있다. 디지털 기술 은 결과를 중시한다. 그러나 전통적으로 예술에 종사해 온 사람들은 만들어진 결과 못지않게 만들어가는 과정 을 중시했다. 인간이 기계가 아니라면 예술 창조 과정 에 투입된 인간의 노력과 의지, 그 인간다움의 작용을 무시하지 못한다. 디지털 기술의 결과에 함몰되지 말고 그것이 운영되는 과정에 눈길을 돌리는 것도 인간다움 을 지키는 방법이 될 수 있다.

많은 사람이 스마트폰으로 SNS를 이용하고 있다. 가

만히 앉아서 다른 사람과 소통하고 많은 사람과 동시에
정보 교환을 할 수 있으니 참으로 편리한 도구다. SNS
를 통해 정보의 무한 공유가 가능해졌고, 차별이 없는
대동사회가 열렸다고 평가하는 사람들이 있다. 그러나
온라인 서비스는 '라인'이 끊어지면 무용지물이 된다.
온라인상에 존재하던 그 많은 팔로워와 프렌드는 흔적
도 없이 사라진다. 온라인상에서 많은 지지자와 소통하
고 그 인적 교류가 매우 견고한 것 같지만, 그것은 가상
공간 속에서의 일이다. 사실은 저마다 고립된 상태에서
기계를 통해 무한 소통의 환각을 누릴 뿐이다. 지금 누
리는 동시 소통의 편리함은 라인만 끊기면 일시에 사라
질 물거품 같은 것이다. 온라인 소통이 현실의 대면보
다 더 현실적이라는 믿음을 굳게 갖고 있는 사람은 그
믿음이 착각이라는 것을 안 순간 형언할 수 없는 절망
을 느낄 것이다. 이것은 인간을 그 본질로부터 영원히
소외시키는 박탈감이다.

　이러한 디지털 시대에 문학은 어떤 일을 할 수 있는
가? 여러 가지 활동이 있겠는데 그중의 하나가 단순성
의 추구다. 디지털 기술이 표방하는 것은 속도와 변화
다. 그것은 무한히 증폭되는 다양성을 특징으로 한다.
과잉 속도와 무한 변형으로 균형을 잃어가는 디지털 문
명의 역방향에 서서 단순성의 미학을 추구해볼 만하다.
김형영 시인은 직관에 의존한 단형의 시를 창작하여

"화살시편"이라 명명했다. 가톨릭에서 자신의 간절한 심정을 순간적으로 짧게 올리는 화살기도oratio jaculatoria에서 연상된 제목이다. 단순성의 미학에 눈을 돌려 간결한 시 형식으로 인간 정신의 평형을 회복하고자 한 것이다.

김형영의 시 창조를 이끄는 두 개의 중요한 동력은 직관의 힘과 성서적 상상력이다. 종교적 상상력, 기독교적 상상력이라고 하지 않고 굳이 '성서적'이란 단어를 쓴 것은 신앙의 차원 이전에 성서의 문구가 시어 구성에 적극적으로 참여하고 있음을 드러내기 위함이다. 「화살시편 18—아멘」 같은 시를 보면 인류의 죄를 대신 짊어지고 십자가에 못 박힌 주님에게 나를 대신해 한 번만 더 못 박혀달라고 기도하는 형식을 취하고 있다. 이 시의 저변에는 기독교적 신앙이 토대를 이루고 있지만 겉으로 드러나는 어법은 성서 기도문의 변형 형태를 취하고 있다. 신앙의 깊이와는 별도로 김형영은 성서 문장의 표현과 울림에 매력을 느끼고 그 파장을 활용하여 자신의 삶의 태도를 드러내고자 한 것이다. 직관의 힘은 대상과의 접촉에서 시적 의미를 발견하는 역동적 장치다. 직관의 힘이 에너지가 되어 성서적 상상력을 발동케 하고 그 진폭을 조정한다. 다음의 시는 성서적 상상력보다 직관의 힘에 의존한 경우다.

그새 새끼를 가졌구나

비 맞은 거미줄 뒤에 숨어
하늘을 바라보는 거미여

—「화살시편 1—거미」 전문

이 짧은 시의 세 줄 문구를 시로 만드는 요소는 거미
가 처한 상황에 대한 직관적 인식이다. 비가 오고 있고
거미줄이 있는데 거미는 비를 피하느라고 거미줄 뒤에
숨어 하늘을 보고 있다. 하늘을 바라본다는 것은 종교
적 원형 상징으로 기도의 의미를 나타낸다. 좋지 않은
상황에 처하여 거미가 하늘을 향해 기도를 올린다고 상
상할 수 있다. 그러한 상상이 가능하도록 무게를 실어
주는 구절이 "그새 새끼를 가졌구나"라는 첫 시행이다.
과학적으로 말하면 거미는 알을 낳아 새끼를 퍼뜨린
다. 그런데 시인은 비를 피해 하늘을 바라보는 거미가
새끼를 가져 자신의 몸을 보호하느라고 거미줄 뒤에 숨
어 있다고 상상한 것이다. 새끼를 가졌기에 전보다 잘
먹어야 되고 자신의 몸도 더 건강해져야 하는데 비가
오니 거미줄이 텅 비었다. 그래서 거미는 거미줄 뒤에
몸을 가리고 자신의 소원을 하늘에 비는 것이다. 이런
의인화의 서사는 직관적 인식에서 비롯된 것이다. 사유
와 상상력이 결합되려면 대상과 상황과 언어에 대한 고

도의 직관적 인식이 가동해야 한다. 그러한 통합의 메커니즘이 세 줄의 짧은 시행으로 압축될 때 한 편의 화살시편이 탄생한다.

바위들 들썩이는 걸 보니
꽃 온다는 한 소식 들었나 봐

내 엉덩이 밑에서 말야
                    ——「화살시편 6 ── 한 소식」 전문

산길을 가다 바위에 앉으면 엉덩이를 통해 바위의 질감이 느껴진다. 바위 표면의 감촉은 바위의 체온까지 전달해준다. 겨울 바위는 차갑고 여름 바위는 시원하다. 겨우내 앉던 바위에 어느 날 앉으니 느낌이 다르다. 어느새 봄기운이 스며들어 바위에서 온기가 느껴지는 것이다. 시인은 그것을 바위들이 들썩인다고 표현했다. 내가 앉은 바위만 감촉이 변한 것이 아니라 온 산의 바위가 다 봄을 맞을 준비를 한 것이니 정말로 모든 바위가 들썩일 만하다. 바위가 "꽃 온다는 한 소식" 들었다고 했다. 여기서 "꽃 핀다는"이 아니라 "꽃 온다는"이라고 쓴 감각의 섬세함을 깊이 이해할 필요가 있다. 봄의 첫 기운이 바위를 통해 감지되는 것이니 꽃 피는 소식이 아니라 꽃 오는 소식을 들었다고 해야 맞다. 꽃이 다가오는 한 소식을 듣고 벌써 들썩이는 바위. 어찌 바위가 몸을 들썩이겠는가? 모든 것이 직관의 작용이요 상상의 작동이다. 직관과 상상이 화학적으로 결합하여 새로운 소식을 받아들인 것이다.

3.

앞에서 잠시 읽은 「시를 쓴다는 것」에는 "영혼 파먹기만 해온/욕망의 구더기여"라는 구절이 나온다. 이 구절에서 '영혼'과 '욕망'은 이항대립의 관계에 있다. 영혼은 순수의 지평과 연결되고 욕망은 순수를 훼손하는 타락한 움직임에 속한다. 시를 짓는 것은 욕망의 영역에서 영혼의 순수성을 지향하는 행위다. 시인은 욕망의 굴레에서 벗어나 천지자연에 자유로운 영혼이 되고 싶어 한다. 그 자리에 서야 비로소 미완성 진행형의 작업을 수행할 수 있다. 천지자연을 비행하는 자유로운 영혼. 그것은 불가능한 꿈이지만 시를 쓰는 것은 그런 불가능한 꿈을 향해 미완성의 보행을 지속하는 행위다. 그런 시인에게 상징으로 다가오는 긍정적 표상이 있다. 그 몸짓마저 없다면 시인들이 나아갈 길을 잃고 주저앉거나 헤매게 될 자연의 표상. 천성의 흥겨움으로 시인의 영혼을 자극하고 이끄는 나뭇잎의 건들댐이 그것이다.

나뭇잎은 흥에 겨워
건들대는 거야.
천성이 그래,
사는 게 즐거운 거지.

바람 불면 바람과 함께
비 내리면 비와 함께
새들이 노래하면
새들의 날개에 얹혀
같이 날아보는 거야.

그런 게 즐거움 아니냐고
너도 건들대보라고,
죽기 전에 후회 없이
한번 건들대보라고.

——「건들대봐」 전문

　　건들댄다는 것은 사물이 가볍게 흔들린다는 뜻도 있
지만 사람이 다소 거만하게 굴거나 멋대로 흔들거린다
는 뜻도 있다. 그러나 후자의 부정적인 의미에도 자유의
의미가 포함되어 있다. 정해진 규범에서 벗어나 멋대로
행동하는 자유인의 흥겨움이 '건들댄다'는 말에 담겨

있다. 사회에서 통용되는 윤리 규범이라는 것도 알고 보면 인간을 구속하는 억압의 틀이다. 정상적인 사회생활을 유지하려면 사회가 요구하는 규범을 따라 충실히 업무를 수행해야 한다. 그러나 그것은 영혼의 내피를 윤기 있게 하는 일은 아니다. 어찌 보면 그것도 영혼의 살을 파먹는 욕망의 술책에 속하는 것인지 모른다.

그런 시인의 시야에 나뭇잎의 건들대는 모습이 들어온다. 사는 데 아무 거리낌이 없다는 듯 나뭇잎은 천지 자연과 더불어 그저 건들댄다. 우리는 과연 그렇게 건들대본 적 있는가? 예의범절을 지킨다고 옷깃을 바로 하고 손발을 꼿꼿이 편 채 긴장의 시간을 보내지 않았는가? 눈길도 정면을 응시하고 잠시도 긴장을 늦추지 않았을 것이다. 사회생활을 하는 우리 모두가 그렇게 시간을 보낸다. 그래서 시인은 "죽기 전에 후회 없이/한번 건들대보라고" 당부한다. 나뭇잎처럼 주위의 눈치를 보지 말고 자기 뜻대로 건들대는 자유의 방임 상태를 한 번이라도 누려보라고 권유한다. 그러나 그렇게 하기가 얼마나 어려운 일인지 건들대본 사람은 잘 알고 있다. 우리를 해방시킨다는 종교도 우리가 자유롭게 건들대는 것을 일정 부분 제한하고 있다. 기독교 신앙은 인간을 원죄의 굴레에 가두고 엄격한 규범으로 규제한다. 다음의 나무는 건들대는 나뭇잎과 얼마나 다른가?

무슨 말을 듣기는 들었느냐.

한평생 땅에 뿌리박고

귀 기울이며 사는 나무,

네가 언제 한 번이라도

하늘이 싫어할 일을 저질렀다고

잘못을 빌듯 연신

온몸을 끄덕이는 나무,

정녕 한 말씀 듣기는 들었느냐.

　　　　　　　　　　　——「무슨 말을 들었기에」 전문

　기독교의 윤리적 관점에 의하면 끝없이 속죄하는 이 나무가 충실한 신앙인이다. 잘못을 빌며 온몸을 끄덕일 것인가, 사는 게 즐거운 듯 연방 건들댈 것인가? 시인의 신앙적 규범은 전자를 향하고 영혼의 지침은 후자를 향한다. 이것은 시인의 의식을 분열시킨다. 건들대는 나뭇잎과는 다른 나무의 경건한 속죄 의식은 기독교인으로서 마땅히 지녀야 할 기본적 자세다. 그러나 시인의 내면은 자유롭게 건들대고 싶다. 오죽하면 죽기 전에 후회 없이 한번 건들대보라고 당부했겠는가?

　그래서 시인은 지상의 삶을 끝내는 '그 시간'을 명상한다. "욕망의 종살이에서／마침내 해방"(「그 시간」)되는 그 시간. 시인은 '그 시간'이 『요한 복음서』 12장 27절에 나오는 '그 시간'이라고 주를 달았다. 예수가 최후의 만

찬에 임하기 전 자신에게 다가올 최후의 '그 시간'을 생각하고 사람들 앞에서 괴로움을 토로한 구절이다. 지상의 시간을 마감하고 주님과 마주할 수 있는 최후의 그 시간을 설정하여 욕망에서의 해방, 진정한 영혼의 자유를 상상해본 것이다. 삶의 희로애락을 떠나 최후의 시간을 넘어서면 생사의 구분도 사라지니 영혼을 마주하는 기쁨을 누릴 수 있을 것이라고 상상했다.

참회의 삶을 살건 나뭇잎처럼 자유롭게 건들대며 살건 시인이 진정으로 원하고 희구하는 상태는 어떤 것일까? 그것은 세상의 잡물이 들지 않은 아기의 천진한 상태다. 「시」라는 제목에서 단적으로 표명한 진정한 희구의 대상은 "태어난 지 세이레쯤 된/아기"의 입에서 퍼져 나오는 알 수 없는 옹알이, 이제 막 태어나 세상에 처음 선보이는 가장 신성한 '아가말'이다. 모름지기 시는 그러한 상태를 지향하는 것이며 그 불가능의 영역을 표현하기 위해 미완성의 진행을 계속해가는 작업이다. 순수 영혼에 대한 동경은 세속적 욕망의 반대편에 있다. 욕망의 굴레에서 벗어나 영혼의 즐거움으로 건들대는 자유의 몸짓 속에 그 길로 가는 길이 희미하게 열릴 것이다. 그러나 앞에서 반복해서 말했지만 순수 자유의 보행은 현실 사회에서 제대로 이루어지기 힘들다. 세상은 사회적 규범의 질서로 조직되어 있기 때문이다. 그렇기 때문에 현실 생활을 하는 사람에게 순수 영혼의 천진성은 도달할 수 없는 그리움으로 남는다. 코 흘리던 어린 시절 잠시 보고 들었던 뜸부기의 그것처럼 아련한 그리움, 떨칠 수 없는 그리움으로 남는다. 세속적 욕망의 반대편에 순수 영혼의 그리움이 수평선처럼 걸려 있다.

바람 쐬러 잠깐 다녀온다더니
벌써 몇십 년,
어느 하늘을 떠돌고 있느냐.

내 말 들리거든 대답해보아라.
뜸부기 올 때마다 찾아오는
어린 날들아,

네가 울어야 꽃이 피고
네가 돌아와야
논두렁 밭두렁에 잡초도 자라지.

바람 다 쐬었거든 돌아와다오.
코 흘리며 날아다니던
뜸부기 데리고 돌아와다오.

───「뜸부기」전문

"코 흘리며 날아다니던 뜸부기"라는 구절에서 뜸부기가 시인의 마음에 남아 있는 어린 시절의 표상이자 시인 자신의 분신임을 알 수 있다. "코 흘리며 날아다니던 뜸부기"는 "태어난 지 세이레쯤 된/아기" 옹알이 가까이 있는 대상이다. 시인으로 50년을 산 화자보다 순수 영혼의 표상에 훨씬 가까이 다가선 대상이다. 시인은 그 대상을 그리워하며 돌아오기를 간청한다. 그러나 바다 끝 수평선이 멀리 그대로 있는 것처럼 뜸부기 또한 돌아올 가능성은 희박하다. 순수한 영혼의 동력으로 그리움의 대상을 그리워할 뿐이다. 그리움 자체가 순수를 지속하는 동력이 되기 때문이다. 이러한 시적 자아는 욕망의 굴레에 갇힌 세상에서 어떻게 살아가야 하는가. 이것이 시인이 던지는 또 하나의 질문이다.

4.

어떻게 사느냐를 결정하기 위해서는 내가 어떤 존재인가를 알아야 한다. 나란 존재는 대체 무엇인가 하는 질문은 모든 예술가가 궁극의 지점에서 한 번은 던지는 일생일대의 키워드다. 문명의 세례를 받지 않은 열대지방의 원시적 삶을 동경한 폴 고갱이 남태평양 타히티 섬에서 병마와 우울증에 시달리며 마지막으로 사력을 다해 그린 작품이 「우리는 어디에서 왔으며, 우리는 누구이며, 우리는 어디로 가는가?」이다. 그 열정의 화가도 삶의 마지막 단계에 실존적 질문을 던진 것이다.

김형영 시인의 실존적 질문은 독특한 양상을 보인다. 실존의 탐색도 그는 시적인 방식으로 전개했다. 자신의 호에 대해 시를 쓴 것은 그런 실존적 질문의 변이 형태다. 「제4과」에서 미당(서정주)과 일초(고은)와 나무(정현종)의 시에 견주어 자신의 시적 모색을 "못 지킨 빛 한 줄기"라고 한 것은 자신의 호 수광守光을 풀어서 표현한 것이다. 미완의 집도 자기 것이 아니요, 거침없는 바람도 물론 아니고, 흥에 겨워 노래하는 나무도 자신의 길이 아니다. 빛을 지키자는 것이 수광의 뜻인데 빛을 지키지 못한 시작 생활을 했다고 겸양의 표현을 했다.

「호號 이야기」는 아예 제목에 호를 내세워 자신이 받은 호의 내력을 펼쳐냈다. 열거되는 호들은 모두 인간이 추구하거나 밟아가는 덕성을 나타내고 있다. 호의 의미 파악이 존재 탐구의 변형인 셈이다. '변산邊山'은 변두리 산이니 중심에서 벗어나 겸손히 처신한다는 뜻이고, '수광'은 빛을 보존한다는 뜻이고, '수정水頂'은 물의 정상이니 가장 맑은 상태를 나타내는 말이다. '소석小石'은 작은 돌이라 역시 겸손의 뜻이고 '일사一史'는 한 명의 작은 선비라는 뜻이고 '송연松然'은 소나무답다는 뜻이니 윤리적 의미가 담겨 있다. 이 모든 것이 단순한 말의 유희가 아니라 어떻게 살 것인가라는 물음과 연결되어 있다. 모든 것이 존재론적 질문에 해당한다.

「오후 3시에」에도 『마태오 복음서』의 한 구절이 제목 다음에 인용되어 있다. 오후 3시란 십자가 매달린 예수가 맞이한 최후의 시간, 하늘에 대고 "엘리 엘리 레마 사박타니?"를 외친 시간이다. 그러니까 이 시간은 존재에 대한 궁극적 질문을 던지는 결정적 순간을 의미한다. 그런데 시의 내용은 방 안에 날아든 하루살이 한 마리를 무심히 손으로 쳐 죽인 얘기다. 그 일을 벌인 다음에 시인은 하루살이의 존재와 자신의 존재에 대해 실존적 질문을 제기한다. 하루살이의 전 생애와 나의 전 생애는 어떠한 차이가 있는가? 그의 영혼과 나의 영혼은 어떻게 다른가? 기독교에서는 사람에게만 영혼이 있을 뿐 동식물의 영혼은 부정하고 있다. 그런데 김형영은 하루살이의 영혼을 '그의 영혼'이라고 지칭하며 자신의 영혼과 대비를 하고 있으니 기독교의 교리와는 어긋난 발상이다. 그래서 김형영의 상상력을 기독교적 상상력이라고 하지 않고 성서적 상상력이라 지칭한 것이다. 하루살이가 사람의 손에 부딪혀 자신의 생이 끝나는 '그 시간'이 공교롭게도 예수의 마지막 부르짖음이 터져 나오던 오후 3시다. 이러한 전후 사실을 염두에 두고 시인은 하루살이의 존재태와 자신의 존재태를 대비하며 실존적 질문을 던진 것이다.

성서적 상상력에 기초하여 그가 가장 긍정적으로 사유한 대상은 앞에서 본 대로 나무다. 나무는 건들대며 자유로운 영혼의 표상을 보여주기도 하고 참회하듯 온몸을 끄덕이기도 한다. 그러기에 그는 나무를 기르고 가꾸며 나무가 자신의 몸을 열어주기를 소망한다. 그것이 바로 나의 꿈이자 '우리의 꿈'이라 생각한다. 「우리의 꿈」에서 나무를 찬탄하며 나무에게 진실한 눈빛을 보내면 "나무는 자기를 엽니다"라고 상상한다. 나무와 진심으로 소통하면, 다시 말해 욕망의 굴레에서 벗어나 영혼과 영혼으로 서로 만나면, "우리의 꿈은/그 순간" 이루어진다고 했다. 그 소망이 실현될 때 그가 맞이하게 될 '그 시간'도 다음처럼 유연한 나무 상상력의 묵상으로 구성된다.

내가 죽거든
내 눈 뚜껑은 열어둬.
관악산 문상을 받고 싶어.

아침마다 걷던 숲길이며
수억만 년 묵상 중인 바위들,
새들의 만가,
춤추는 나무들,

내가 죽거든

관 뚜껑을 열어둬.

용약하는 관악산의 내 친구들

마음에 담아 떠나고 싶어.

—「내가 죽거든」 전문

관악산 문상을 받고 싶다는 것은 앞에서 지속적으로
이어오던 불가능한 미래의 상상이다. 그는 불확실한 미
래의 시점을 설정하고 미완성의 진행형 화법을 지속한
다. 둘째 연에 배치된 네 개의 시행은 자신의 마음에 담
아가고 싶은 자연 형상을 가장 단순하게 극화한 것이
다. 아침마다 걷던 숲길은 늘 걷던 길이기에 더 이상의
수식이 필요 없고, 바위는 수억만 년 묵상 중인 모습이
니 변함없는 그대로이고, 새들은 노래 부르니 만가에
해당하고, 나무는 건들대고 끄덕이니 춤춘다는 말이 적
당하다. 숲길과 바위, 새와 나무. 이 네 가지 표상은 묵
상이라는 침묵의 상태와 노래와 춤이라는 동작의 상태
로 이분된다. 전자는 대지의 상상력이요 후자는 바람의
상상력이다. 변함없는 대지의 터전 위에 춤과 노래가
바람처럼 퍼져간다.

이 네 형상을 포괄하여 그는 짧게 "용약하는 관악산
의 내 친구들"이라고 했다. '용약'의 한자는 두 가지가
있다. '용약勇躍'이라고 쓰면 용감하게 뛰어나간다는 뜻

이고 '용약踊躍'이라고 쓰면 기뻐서 날뛴다는 뜻이다. 여기에는 이 두 가지 뜻이 다 담겨 있을 것 같다. 관악 산의 친구들은 시인의 직관과 상상력 속에서 생명력이 솟구친다. 거침없이 앞으로 뛰어나가고, 기뻐서 주체하 지 못하고 솟구친다. 왜 그러한가? 자신들이 마음을 열 어준 영혼의 벗 김형영이 자연의 품으로 돌아오기 때문 이다.

시인은 관악산 친구들을 마음에 담아 떠나고 싶다고 했지만 관악산 친구들은 시인을 어디로 보내지 않고 숲 길과 바위와 나무들 사이에 담아두고 관악산과 함께 수 억만 년을 지낼 것이다. 나무에게 마음을 열어 보이고 나무도 자신의 마음을 열어주었으니 김형영은 관악산 의 일부가 되었다. 관악산 자락에 자신의 신을 벗어놓 을 자격을 충분히 얻었다. 이것이 존재 탐구를 통해 얻 은 시인의 정신적 품계요 자연의 은총이다. 시인의 문 맥에 기대면, "나를 미워하던 나도 건너가" "다리 없 는 꿈길"(「다리 없는 꿈길」)도 건너가 "꿈에도 꿈꿀 수 있"(「꿈을 현실로」)는 수행을 하면 이런 경지에 이를 수 있을 것이다. 그러한 자리에 이르기를 꿈꾸는 것이 어 찌 시인만의 일이겠는가. 우리 모두 그러할 것이다. ▨